DON BOSCO
VERLAG

Elli Michler

Jeder Tag ist Brückenschlag

Gedichte von Abschied und Neubeginn

Don Bosco Verlag

Die Deutsche Bibliothek – CIP-Einheitsaufnahme

Michler, Elli:
Jeder Tag ist Brückenschlag : Gedichte von Abschied
und Neubeginn / Elli Michler. –
1. Aufl. – München : Don-Bosco-Verl., 1998
ISBN 3-7698-1094-5

1. Auflage 1998 / ISBN 3-7698-1094-5

Umschlag: Margret Russer
Fotos: Barbara Michler, Heilbronn
Gesamtherstellung: Salesianer Druck, Ensdorf

Der Umwelt zuliebe gedruckt auf chlorfrei gebleichtem Papier.

Inhalt

Einführung

Was uns die Natur durch den Wechsel der Jahreszeiten immer wieder neu vor Augen führt, gilt auch für unsere eigene menschliche Existenz: Unser Leben vollzieht sich im ständigen Wechsel zwischen Abschied und Neubeginn. Von jeder unserer Lebensstufen gilt es zunächst Abschied zu nehmen, bevor wir die nächste erreichen dürfen. Beim Loslassen-Müssen werden uns viele schmerzliche Erfahrungen auferlegt: der Abschied von Menschen, mit denen wir eng verbunden waren, von heimatlicher Geborgenheit und von manchem, was uns einmal an Plänen und Zielen vorgeschwebt hat.
So brauchen wir nicht nur die Anschauung der Natur, in der es nirgends einen endgültigen Abschied gibt, sondern auch viel eigene Lebenserfahrung dazu, bis uns die Erkenntnis reift: Jeder Abschied ist Teil eines Neubeginns, jede Nacht mündet in einen neuen Morgen, jeder Tag ist Brückenschlag. Auch das Leben des Menschen muß, wenn es eine Weiterentwicklung darin geben soll, einem dauernden Wandel unterliegen. Erst wenn wir das begreifen, werden wir jeglichen Abschied besser annehmen können.
Es wird jedoch nicht immer leicht sein, einen Übergang zu finden von der Erfahrung des Abschiednehmens bis zum Erleben eines wirklichen Neubeginns. Für diesen Übergang bedarf es tragfähiger Brücken. Dabei sind die zwischenmenschlichen Brücken der Begegnung und des guten Willens von besonderer Bedeutung.
Die hier vorliegenden Texte wollen uns dabei helfen, immer wieder Wege zu suchen und zu finden, die uns über solche Brücken führen. Die sie ergänzenden Farbfotos sollen durch ihren Symbol-Charakter ebenfalls jene positive Lebenseinstellung dokumentieren, die ein Teil der Faszination ist, die seit jeher vom Bild einer Brücke ausgegangen ist.

Welch einen Trost empfangen wir doch von der Gewißheit, daß das Ende eines Weges nie ein endgültiges ist, sondern daß sich ein neuer Übergang für uns bereithält! Ein Hochgefühl erfaßt uns, nach dem Loslassen-Müssen wieder neu ankommen zu dürfen. Freude auf die Überraschungen des jenseitigen Ufers erfüllt uns ebenso wie Mut zum Aufbruch in der Hoffnung auf die Überwindung von Trennung und die Aufhebung von Gegensätzen. So weisen uns die Brükken schließlich auch den Weg zu Versöhnung und Frieden.
Nicht zuletzt aber sind die Gedichte eine Aufforderung an die Leserin oder den Leser, selber am Brückenbau mitzuarbeiten, um in einer Zeit des übersteigerten Konfliktbewußtseins und der Egozentrik dem Aufeinander-Zugehen und der Harmonie unter den Menschen zu dienen.

E.M.

Jeder Tag ist Brückenschlag

Zwischen Blühen, Reifen und Ertrag,
zwischen Sturmgefahr und glatten Wogen
spannt die Zeit den Hoffnungsbogen.
Jeder Tag ist Brückenschlag,
um den Übergang zu pflegen,
um Bewährtes fortzudenken
durch des Geistes Flügelschlag,
unsre Schritte neu zu lenken
auf noch unbetretnen Wegen,
die zu öffnen nur vermag
jeder neugebor'ne Tag.

Zwischen den Jahren

Die Mittagssonne, an wärmenden Kräften noch arm,
spiegelt von fern sich im Eise.
Auf den Feldern hockt träge der Krähenschwarm.
Die Zeit dreht sich lautlos im Kreise.

Keine Schneeflocke tanzt.
In den Häusern verschanzt
will Gewohntes das Alte bewahren;
doch pirscht sich das Neue schon mutig heran
und ängstigt sich nicht vor Gefahren.
Es hegt keine Zweifel und weiß, wie man's schafft:
Auf jeglichen Neubeginns innere Kraft
besinnt es sich zwischen den Jahren.

Zum Aufbruch bereit

Dort, wo du glaubst, der Weg sei zu Ende,
kommt etwas Neues noch stets auf dich zu.
Es gibt soviel unerforschtes Gelände
rings um dich her, in dir selber, im Du.

Dort, wo du denkst, du wirst nicht mehr gebraucht,
sind deine Zweifel umsonst aufgetaucht.
Dort, wo du meinst, du kannst nicht mehr vertrauen,
gilt es nur, tragende Brücken zu bauen.

Womit du auch aufbrichst, ob Flügel, ob Schuh,
laß dich von Angst nicht beschweren!
Solang dich die Neugier noch scheucht aus der Ruh',
überwindest du alle Barrieren!

Verfrühter Abschied

Mit dem Gedanken an Trennung
ist die Ungeduld schnell bei der Hand.
Die Liebe aber setzt immer noch Hoffnung
selbst auf den leichtsinnigen Abschieds-Kuß
und sammelt schon Rosen
für das Fest der Versöhnung.

Jenseits der Angst

Du bangst an jedem Morgen,
was in der großen Welt geschieht.
Ich mache mir nur Sorgen,
ob unsre Rose wieder blüht

und ob der Sperling, der sich gestern
die Krümel schmecken ließ,
noch weiß, daß unser Fenster
ein Vogelparadies.

Das, was die Mächt'gen treiben
und ob sie ändern diese Welt,
mag die Geschichte schreiben.
Meist geht's um Ruhm und Geld.

Ich fühle mich geborgen,
wenn unser Stern aufgeht
und an so manchem Abend
der Mond am Himmel steht.

Ich schau an jedem Morgen
voraus und nicht retour.
So sind mir alle Tage
wie Perlen an der Schnur.

Bahnhofsbänke

Es sind nicht einfach Sitzgelegenheiten –
mit Schicksalsfragen haben sie es oft zu tun.
Es darf für kurze Zwischenzeiten
das Umgetriebensein auf ihnen ruhn.

Begegnung heißt auf Bahnhofsbänken:
Der eine träumt von seiner Wiederkehr
und folgt den Spuren, die ihn heimwärts lenken,
ein andrer mag vielleicht an Aufbruch denken.

Mit Aktenkoffern reist man, auch mit
Trauerkränzen,
und auf dem Bahnsteig weht der Wind
meist kühl.
Manch einer sucht sein Weltbild zu ergänzen
und wechselt oft sein Domizil.

Die Hoffnung sitzt auf Bahnhofsbänken,
vertraut auf die Veränderung.
Dem Mut verleiht das Warten Schwung.
Die Angst versucht sich abzulenken.

Die Ungeduld raucht Zigaretten,
das Frühstücksbrot bleibt eingesackt.
Die feine Dame mit den goldnen Ketten
hat ihren Spiegel ausgepackt.

So werden Bahnhofsbänke,
fest an ihren Ort gebunden,
zu stillen Zeugen einer ewigen Wanderschaft,
und wenn sie sprechen würden,
könnten sie bekunden,
was uns doch selber rätselhaft:

Beim Unterwegssein dürfen wir erfahren
des Lebens Wechselspiel in seinem bunten Licht.
Im Bleiben und Bewahren
allein erleben wir es nicht.

Im Wechselschritt

Es paßt der Stillstand nicht
ins wahre Bild vom Tanz des Lebens,
in dem doch jeder kleinste Schritt
ein Wechsel ist und Wendung hin
zum Fortgang unsres Strebens,
der gültig bleibt als letzter Sinn.

Der Abschied zeigt sich immer nur
als unlösbarer Teil vom Neubeginn.
Im Reigen dient er als Figur,
die – statt am Ende – mittendrin
das schöne Spiel sanft unterbricht;
er hinterläßt dem neuen Anfang
eine sichre Spur aus hellem Licht.

Rechtzeitige Trennung

Einst traf ich in der Eisenbahn
den längst im Traum gesuchten Mann.
So wie er aussah, wie er sprach,
mit klugen Scherzen mich zum Lachen brachte
und über Gott und Welt und dies und das
genau wie ich bisweilen dachte,
war's etwas mehr als nur ein bißchen Spaß.
Es war vielleicht schon tiefere Empfindung.
Vielleicht nahm schon das Schicksal an uns Maß
auf Grund der Eisenbahn-Verbindung.

Und als er ausstieg, ließ er mir
etwas sehr Wichtiges zurück:
Adresse, Name, Telefon,
die Hoffnung auf das große Glück.
Ich sah durchs offne Fenster ihn
noch eine ganze Weile winken –
und gab dem Wind den Zettel hin;
der ließ ihn wirbelnd sinken.

Vielleicht sind mir auf diese Art
Enttäuschungen erspart geblieben –
vielleicht blieb mir der Traum bewahrt,
es gäb' ein ungetrübtes Lieben.

Aufforderung

Auch wenn es nicht mehr unserer Zeit entspricht:
Gib dem Briefträger Auftrag,
daß er Brücken bauen möge,
die über den Strudel der Entfremdung führen.
Die Sprache der Briefe,
auch wenn sie einfach und schlicht,
mag jene als Tröstung berühren,
die nach einer Botschaft sich sehnen
aus Wärme und Licht.

Gebet

Alles, was je Anfang nimmt,
findet auch sein Ende.
Alle Zeit, die mir verrinnt,
nimm sie, Herr, in deine Hände!
Laß sie schließen sich zum Kreis.
Sag mir, wie's von dir bestimmt.
Und – damit ich's endlich weiß –
auch, wo meine Grenzen sind.
Hab ich noch nicht zugestimmt,
dann, o Herr, verzeih's!

Auf der Suche nach dem Sinn

In trockener Gelehrsamkeit
suchst du nach ihm vergebens,
verbrennst unnötig nur das Licht,
kennst tausend Ziele deines Lebens,
jedoch den Sinn erkennst du nicht.

Es ist mir heimlich angst um dich:
dir blühn nur Blumen ohne Düfte.
Glaub nicht, daß das Geheimnis sich
durch bloßes Anschaun lüfte!

Der Sinn, er fliegt dir sicher nicht
so wie ein Vogel leichthin zu.
Du glaubst, er komme aus dem Licht,
und auf dies Wunder wartest du.

Du mußt jedoch ins Dunkel tauchen,
hinab bis auf den tiefsten Grund.
Wo Mühsal, Not und Ängste krauchen,
dort gibt er sich dir schließlich kund.

Bist du gewillt, dich durchzukämpfen,
von falschen Illusionen frei,
und ist dein Mut durch nichts zu dämpfen,
dann spürst du: Hier ist Sinn dabei.

Brücken über die Zeit

Tages-Lärm und abendliche Stille,
Morgenrot und schattenreiche Nacht,
Leichtigkeit und schwere Fracht,
karge Zeit und Zeit der Fülle,
Maiengrün und späten Herbstes kahle Bäume,
Kindheits-Glück: des offnen Himmels
wunderbare weite Räume –
und nach jedem Sonnenuntergang
mischt sich in den süßen Sang
späten Vogels Abschieds-Klage –
und es zählen alle Tage.
Wie die Monde ziehn die Jahre:
hier der Traum und dort das Wahre;
ungleich ist die Szenerie.
So verschieden wie die Lieder,
die wir anzustimmen haben,
klingt auch ihre Melodie.
Nur wenn wir sie tief ergründen,
immer wieder Brücken finden,
sind wir Instrument der Harmonie.

Lob auf die Übergänge

Schon in der Schule wurden wir belehrt:
Der beste Aufsatz ist nichts wert,
wenn es ihm fehlt an schönen Übergängen.

Und auch im Leben hat sich bald entpuppt,
daß wenig taugt, was zu abrupt.
Man wird nicht über Nacht erwachsen,
nachdem man vorher galt als Kind,
man muß erst wachsen, wachsen, wachsen,
weil Übergänge nötig sind.

Als Gegenteil von Härte und von Strenge,
die wir auf manche Art erfahren müssen,
beglücken uns die weichen Übergänge
im Landschaftsbild: die sanften Täler
mit den silberhellen Flüssen,
gelehnt an schroffe Bergeshänge.

Ein Glück auch, daß sich zwischen Tag und Nacht
ganz leise legt die Dämmerung,
die unser Herz zufrieden macht
und es bewahrt vor Ängstigung.

Seelenlage

Mir ist mit einemmal so leicht ums Herz –
und auch der Kopf
will nichts mehr wissen von dem Hute.
Das Auge blinzelt sonnenwärts,
mir ist nach Ringelnatz zumute.
Ich nehme meine Seele an die Leine;
sie wittert, daß es draußen Frühling sei.
Ich lauf mit ihr zum Wiesenraine,
dort laß ich sie dann endlich frei.
Sie singt und springt, macht Purzelbäume.
Vor lauter Frühlingsseligkeit
umarmt sie die Magnolienbäume:
ein Tanz voll Lust und Leichtigkeit!
Sie weiß nichts mehr von Wintertrauer
und badet sich in frischer Luft.
Sie sieht die Veilchen an der Mauer
und atmet wundersüßen Duft.

Unter den Brücken

Einst sollten Veilchen
die Lieblingsblumen werden
für alle Zeiten meines Lebens.
Doch selbst die Bescheidenheit
ist dem Menschen nur eine Weile erlaubt.
Mit zunehmenden Jahren gebietet der Stolz,
den Umgang mit Rosen zu pflegen.
Und die Dornen umfangen das Herz
wie der Duft und die Schönheit der Blüten.

Doch auch diese Zeit ist nicht für die Dauer.
Den Wandel bewirken wie immer die Wolken.
Der Weg aus welkenden Gärten
führt nun zurück
auf den verloren geglaubten Spuren
des flüchtig empfangenen ersten Kusses,
und ich finde mich wieder
am Ufer des Flusses unter den Brücken
und beuge in heimlicher Freude mich nieder –
wie damals beim Veilchen-Pflücken.

Vor der Sonnenwende

Noch macht der Sommertag
die Nußbaumblätter transparent
und läßt sie uns wie seidne Lampenschirme
zart erscheinen,
durch die das Licht der Sonne brennt
in feinen, goldnen Streifen.

Wer nimmt wohl unterm hellen Firmament
die noch ganz kleinen grünen Nüsse wahr,
die, in ihr Blätterbettchen eingeklemmt,
schon Paar um Paar
nach ihren Lebensrechten greifen?

Wir sind gebannt noch ganz
von unsres eignen Daseins Glanz und Licht.
Es eilt uns heute wirklich nicht,
in dieser unbeschwerten Sommerstunde,
die glückerfüllt, noch ohne Todeswunde,
schon in die Zukunft abzuschweifen,
in jene rasch verblühte Welt,
in der des Sommers goldner Staub
vom braunen Laub des frühen Herbstes fällt.

Einwilligung in das Leben

Du hast dich verändert,
sagt mir ein Freund im Vorübergehn.
Und ich argwöhne gleich:
Bin ich nicht mehr so jung?
Oder nicht mehr so schön?
Doch schlimm wär's wohl erst,
könnte ich selber vor mir
nicht mehr bestehn.

Hätt' ich verzichtet auf Leiden und Lieben,
anstatt mit dem Leben den Kampf einzugehn,
so wäre wohl keine Veränderung
mit mir geschehn,
doch wär' mein Gesicht eine Maske geblieben.

Wie konnte ich jemals den Stillstand erstreben
und unberührt bleiben von Feuer und Eis,
die Chancen des Wachsens und Werdens vergeben,
da ich doch weiß:
Nur die Veränderung hält uns am Leben.

Es war einmal …

Es war ein Traum von einem Kleid
aus fliederfarbner Seide:
Der lange Rock fiel schwingend weit
in duftig leichten Falten,
das Oberteil hübsch eng gehalten,
verziert mit weißen Perlenknöpfen,
der Busen frei, zum Atemschöpfen.

Ich sah im Geist im Tanz mich drehn,
den Walzerklängen selig lauschend,
und konnt' nicht länger widerstehn:
Was ich erwarb, es war berauschend.

Am Anfang wollte ich es schonen
und hielt's im Schrank für lange Zeit,
denn so viel Geld bloß für ein Kleid,
das muß sich schließlich lohnen.

Im nächsten Jahr war's dann zu eng.
Ich neigte leicht zur Üppigkeit.
Dann kam ich seelisch ins Gedräng':
im Jahr darauf war mir's zu weit.
Und später fehlte die Gelegenheit.

Inzwischen wurd' ich langsam alt.
Das Kleid kam schließlich aus der Mode.
Da nahm es seinen Aufenthalt
im Abstellraum in der Kommode.
Erst als die Kleidersammlung fuhr vor's Haus,
da packt' ich es noch einmal aus.
Ein wenig seufzend stand ich vor dem Plastik-Sack
und senkte meinen Traum hinab.

Ich fühlte einen kleinen Schmerz
beim Abschied von dem guten Stück. –
Vielleicht dient es nun anderwärts
noch einer neuen Art von Glück.

Das Klassentreffen

Manche kamen von weit.
Doch einige sind auch am Ort geblieben.
Und alle haben vor langer Zeit,
wie man das meistens so nennt,
gemeinsam die Schulbank gedrückt,
gepaukt und gepennt
und den obligatorischen Aufsatz geschrieben.
Was mag sie wohl heimlich bewogen haben
zu dem Ausflug in die Vergangenheit:
alte Erinnerung auszugraben, Neugierde
oder die Sehnsucht nach der entschwundenen Zeit?
Was ist geschehn mit den großen Plänen?
Gab es Erfüllung oder blieb's beim Ersehnen?
Einige haben Diplome erworben,
und manche von ihnen sind gar schon gestorben.
Den einen erkennt man noch an seiner Art,
doch die meisten nicht mehr, denn sie tragen jetzt Bart.
Alle wissen von damals noch eine lockre Geschichte.
Und der Professor erzählt, was er inzwischen
veröffentlichte.
Sie zeigen sich Fotos von ihren Kindern,
von Urlaubsreisen und vom eigenen Haus.
Doch kein Erwachsensein kann es verhindern:
Aus den ernster gewordenen Manager-Augen
schauen noch fröhliche Knaben heraus,
die zu munteren Scherzen immer noch taugen.
Sie vergleichen nicht mehr, was ein jeder erreicht,
sie sprechen von damals beim Essen und Trinken.
Zum Schluß fällt der Abschied auch gar nicht so leicht –
und manche drehn sich noch um und winken.

Abschied von Norderney

Silbermöwen, sagt ihr wieder
mir Lebwohl durch euren Schrei?
Aus dem blauen Himmel nieder
stürzt ihr euch zum Fang herbei.

Silbermuscheln, ausgegraben
aus dem weißen Insel-Sand,
werden wir noch bei uns tragen
auf der Fahrt zurück ans Land.

Silberpappeln, Inselbäume,
Spiele treibend mit dem Wind,
geistern noch durch unsre Träume,
wenn wir längst gegangen sind.

Silbergraue Meereswogen:
Wenn die Wolken drübergehn
und sich spannt der Jahresbogen,
werden wir uns wiedersehn?

Notwendige Überwindung

Wenn ich an meinem Schreibtisch sitze,
vor dem Papierkram täglich schwitze,
schon fast vor dem Zusammenbrechen,
dann hör' ich den Papierkorb sprechen:

Du mußt dich trennen, Freund,
es wird nichts nützen, das Angehäufte zu besitzen.
Du solltest Abschiednehmen lernen,
was dich bedrückt, vom Tisch entfernen:

die Rechnung, den Antrag, das Formular,
die Berge von Post, noch vom vorigen Jahr,
Notizen und Zettel und tausend Adressen,
gar vieles, was längst überholt und vergessen,
den alten Kalender, den Reiseprospekt
– der unnötig nur falsche Hoffnung erweckt,
du hättest die Zeit, einmal Pause zu machen –
und alle die anderen nutzlosen Sachen,
auch die Zeitungen samt Politik und Skandal!
Zum Schluß bleibt dir, Ärmster, ja doch keine Wahl.
Du gehst deinem Untergang sicher entgegen.
So sieh endlich ein: Auch der Abschied bringt Segen.

Der rechte Weg

Immer, wenn du aufhören möchtest,
für andere zu leben,
weil der Egoismus mehr Freiheit verspricht,

bescheiden zu sein,
weil man auf diese Weise kaum vorankommt,

Aufgaben zu verrichten,
weil du nicht siehst, daß sie Frucht bringen,

dich jung zu fühlen,
weil sich die Falten vertiefen
und die Beschwerden zunehmen,

immer dann, wenn du aufhören möchtest,
zu malen, zu schreiben, zu musizieren,
weil du glaubst, daß andere es besser können,

den eingeschlagenen Weg weiterzugehen,
weil du fürchtest, es sei der falsche,

kommt dir der Engel entgegen,
der die Ängstlichen an die Hand nimmt
und sie über die Brücke geleitet,
an deren Ende er sagt:
Fürchte dich nicht, dein Weg ist der rechte!

Zwischentöne

Schöner noch als alles Schöne,
das die Sprache uns geschenkt,
sind die feinen Zwischentöne,
die zum Kern uns hingelenkt.

Niemals nur dem Kopf entsprungen,
eher von des Herzens Art,
haben sie sich ausbedungen,
was sich sonst nicht offenbart:

Zwischen mächtig großen Worten,
die sich um weiß-Gott-was drehn,
öffnen sie uns erst die Pforten,
Wesentliches zu verstehn.

Das Lebens-Rad

Überall ist Abschiednehmen,
überall Willkomm.
Alle, die gern wiederkämen,
widersetzen möchten sich dem Strom,
lehrt das Leben, sich zu zähmen.

Überall ist Bleibenwollen,
Sehnsucht nach ein wenig Ruh.
Manche kleben an den Schollen,
andre schnüren sich den Schuh,

üben sich in neuen Rollen
ständig voll Begeisterung,
wissen um das Wandernmüssen,
lachen, scherzen, lieben, küssen –
Abschied hält das Lebensrad in Schwung.

Manchmal wünsche ich mir …

Ein Brückenheiliger möchte ich sein:
Die Sterne am Himmel wären mein Heiligenschein,
und die schäumenden Wasser zu meinen Füßen
könnt' ich, bevor sie enteilen, begrüßen.
Zwischen Sonne und Regen und Stürmen und Blitzen
würde auf meinem steinernen Zeigefinger
ein kleiner zwitschernder Vogel sitzen.
Hoch auf dem Sockel könnte ich stehn
und schmunzelnd den Liebespaaren
über die Schultern sehn.
Touristen lehnten voll Neugier am Brückengeländer
und bestaunten den verwitterten Faltenwurf
meiner Gewänder.
Aus der Vergangenheit könnte ich ihnen
Geschichten erzählen
von Straßen und Plätzen und Rathaus-Sälen,
von Wagen mit Pferden, von Fässern voll Wein,
von Machtkampf und Kriegen jahraus und jahrein,
von Kunst und Musik und von Kuppeln und Türmen,
von Engeln, die heimlich die Brücken beschirmen,
vom Leben, das drängt aus der Enge ins Weite,
und vom Glück, das stets wechselt
von der einen zur anderen Seite. –
Mich selbst aber ginge das alles nichts an.
Und das wäre wohl auch das Schönste daran:
Ich könnte dann endlich nur Zuschauer sein –
denn ein Brückenheiliger ist ja aus Stein.

Versäumnis

Man hat mir früh den Weg gewiesen
hin zu den Dingen dieser Welt,
die sich erstreben und besitzen ließen,
hat mir gezeigt, wie man sie fest umklammert hält.

Wie man sie losläßt,
heiter, leicht,
ganz ohne Schmerz am Schluß erreicht
des Lebens wahre Harmonie –
das lehrte man mich leider nie.

Auf dem Flohmarkt

Was überlebt? Der Geist und die großen Gefühle?
Ein uralter Tisch und vier hölzerne Stühle,
der Löffel, die Gabel, ein Teller, ein Topf.
Was ist doch der Mensch für ein armer Tropf!

Und dennoch suchen wir nach Spuren
aus einer scheinbar guten alten Zeit
und glauben, daß mit abgelaufnen Uhren
sich wiederholt Vergangenheit.
Was längst schon zugerechnet schien
den zu verschmerzenden Verlusten
und das, wovon sich die, die vor uns gingen,
an ihrem Ende trennen mußten,
obwohl auch sie bereits am Überkommnen hingen –
hier findet sich's noch einmal ausgelegt,
zur Schau gestellt auf Tüchern und auf Tischen,
was unsre Phantasie erregt,
um die Erinnerung aufzufrischen:

Bilder, Bücher, Kannen, Dosen,
Eisenbahn und Zinnsoldaten,
feines Glas, bemalt mit Rosen,
Häkeldeckchen, hübsch geraten,
Spangen, Ringe, Schmuck-Geglitzer,
Leuchter mit und ohne Kerzen.
Mit verschämten kleinen Scherzen
wechselt Trödel den Besitzer.

Und der Geist beginnt zu wehen
noch aus dem geringsten Stück,
das wir in den Händen drehen. –
Mit Wehmut legen wir's zurück.

Brücken des Friedens

Jede Brücke, die wir bauen,
schafft Begegnung,
schafft Vertrauen,
hilft uns, einen Weg zu finden,
allen unfruchtbaren Streit
einsichtsvoll zu überwinden,
ein Gefühl für Menschlichkeit
tief im Innern zu empfinden.
Um uns nicht mehr fremd zu sein,
baun wir Brücken, Stein um Stein.
Was getrennt ist, zu verbinden,
laden uns die Brücken ein,
Brücken, die den Frieden künden.

Im Gedenken an die verlorene Heimat

Wer kann Heimat buchstabieren,
daß wir Schlesien in uns spüren?

H wie Hedwig, Hauptmann, Habelschwerdt,

E wie Eichendorff, dem zugekehrt
wir mit ganzer Seele sind.

I wie irgendwo war ich dort Kind.

M wie Mohn, zum Teig verwoben
mit viel süßen Streuseln oben.
Und wie Mutter, die uns Lieder
zur Gitarre sang. Nie wieder
hörst du solchen frohen Klang.

A wie Antek und sein Bruder,
komisch, echt und lebensfroh.
Abendstille, Kahn und Ruder
an der Oder irgendwo.

T wie Trebnitz, Klosterbau
unsrer hochberühmten Frau.
T wie Treue, Tränen, Tod,
T wie Traum im fremden Boot.

Riesengebirgs-Wanderlied

Wie freundlich der Morgen,
der Tag ist noch neu.
Was gibt's zu besorgen?
Den Rucksack herbei!

Schnell Mütze und Joppe,
den Stiefel im Tritt,
fern winkt schon die Koppe,
ihr Freunde, kommt mit!

Nur immer nach oben
zu Baude und Teich,
im Nebel verwoben
liegt Rübezahls Reich.

Den Durchbruch zur Sonne
erleben wir dann.
Der Weg, eine Wonne,
entlang auf dem Kamm.

Der Blick in die Weite
und hin übers Land
erfüllt uns mit Freude
das Herz bis zum Rand.

Kleine Begebenheit

Ein kleiner Junge steht allein
vor einer großen dunklen Tür.
Die Kindergärtnerin nimmt ihn
recht freundlich in Empfang.
Doch seine Mutter ist auf einmal
nicht mehr hier.
Es wird ihm sichtlich angst und bang.
Frau N., die's gut mit ihm gemeint,
kann nicht verhindern,
daß der kleine Junge weint.
Nicht alle ihre Schützlinge
vergießen Tränen,
sind sie von häuslicher Geborgenheit entfernt.
Die Kunst des Lebens
ist die Kunst des Abschiednehmens.
Und manche haben das schon früh gelernt.

Laternen-Zug

Laßt uns von den Kindern lernen:
sie wissen noch nichts
von des baldigen Herbstes Bangigkeit.
Sie geben mit farbigen Monden und Sternen
dem Sommer ein fröhliches Abschieds-Geleit.

Seht, wie mit heiteren Märchen-Gestalten
die emsigen Zwerge als Hüter des Lichts
mit kindlichem Ernst ihres Amtes walten
und ihre Laternen, die leichten Gewichts
schaukelnd an Stöcken und Drähten schwingen,
als stolzen Besitz in den Händen halten,
während aus zarten, noch zaghaften Mündern
die Lieder zum Lob der Laterne erklingen.

Seht, wie sie eifrig das flackernde Licht,
das kostbare, zwischen den offenen Ritzen
vor dem Zugriff des Windes sorgsam beschützen:
die einen recht mutig und fast schon verwegen,
die andern noch schüchtern und etwas verlegen!
So ziehen sie fröhlich dem Dunkel entgegen
und fürchten sich nicht.

In Dankbarkeit

Auch Mütter müssen einmal sterben.
Und Kinder werden erst erwachsen
mit dem Trauertag.
Stehn sie dann nicht nur vor den Scherben,
erweist sich, was der Liebe Kraft vermag:
In einem lichtdurchwirkten weiten Bogen,
auf Leben und auf Tod bezogen,
vollzieht sich still der Brückenschlag.

Beim Gang über den Friedhof

Immergrüne Lebensbäume
ragen aus dem Hügelfeld,
abgeschlossen von dem Lärm der Welt,
ungebeugt zum Himmel auf.
Vielgestaltig stehn die Steine,
wissen nichts vom Schicksals-Lauf,
tragen stumm die fremden Namen,
wissen nicht, woher sie kamen.
Irdisches, gereift zur Wende,
geht hier rätselhaft zu Ende.
Ach, es nützt nichts, sich zu grämen,
Brücken schwingen über Fernen,
Trennung gilt es anzunehmen.
Schließlich müssen wir es lernen,
ständig hin- und hergetrieben,
alle Wege still zu lieben,
die uns heimwärts führen zu den Sternen.

Was nicht zu begreifen ist

Ein anderer hängt deinen Hut an den Haken,
ein anderer trägt deinen Schirm durch den Regen,
ein anderer nimmt deine Zeitung entgegen,
ein anderer nimmt deinen Stammplatz
ein im Café
und bestellt sich statt deiner
das gewohnte Glas Tee.
Wer soll das begreifen,
was nicht zu begreifen ist:
daß du plötzlich nicht mehr
und nirgendwo bist?
Sieht es nicht aus,
als würde die Welt ihren Gang
ganz einfach weitergehn?
Ach, wie das täuscht!
In Wirklichkeit bleibt sie doch stehn.

Die Feldblume

Sie will nicht blühn
in einer Stadt mit Mauern.
Auf offenem Felde
will sie überdauern.
Sie will nicht stehn
hinter verschlossener Tür.
Ihr offener Kelch
bietet Einlaß zu ihr.

Wind, wenn du sie heimholen willst –
und es ist Zeit:
Mit offenen Augen
steht sie bereit.

Im Gedenken an eine Freundin

Das Wasser vom Brunnen, aus dem du geschöpft hast,
rinnt jetzt durch andere Finger –
aber es schäumt und schäumt,
wird auch die Trauer um dich niemals geringer. –
Und der Same, den du gestreut hast, er keimt.

Alles wird in uns wiedergeboren,
was du durchlebt hast, erlitten, geträumt.
Die Freundschaft, die du uns schenktest,
geht niemals verloren.
Sie wärmt wie die Sonne, die über uns scheint.

Du hast uns vom Zauber der Rosen gesungen,
ihr Bild in den glühendsten Farben gemalt.
Nun ist deine Stimme schon lange verklungen,
doch deine Gestalt noch von Licht überstrahlt.
Das Feuer der Rosen ist übergesprungen.

Laß uns im Geiste dein Juli-Grab schmücken
mit blühenden Rosen als bleibenden Brücken
zwischen dem Licht und den Schattenreichen!
Und aus den namenlosen, versunkenen Augenblicken
wird uns das Unvergängliche tröstend erreichen.

Zum Todestag von Hermann Hesse

Des Trostes Quellen scheinen uns bisweilen
zu versiegen,
und leicht gerät uns unser Lebens-Rhythmus
aus der Spur
nach allem, was uns offen oder sanft verschwiegen
in manchen dunklen Stunden widerfuhr.

Wir sollten wieder einmal Hermann Hesse lesen,
um aus Bedrängnissen der Zeit heraus
zu finden ein uns tief verwandtes Wesen,
als wären wir in ihm wie bei uns selbst zu Haus.

Wir sollten wieder einmal Hermann Hesse lesen,
damit zum Trost uns gegenwärtig werde,
wonach wir suchen insgeheim im tiefsten Grund:
die Kraft der Weisheit, die auf dieser Erde
entgegen allen falschen Thesen
uns wieder Halt gibt und uns macht gesund.

Beim Aufstieg zur Kirche über Morcote

Viele folgen im Bann der Zypressen
dem steinigen Weg zur Kirche hinauf.
Erwartungsvoll, froh und dennoch gemessen
nehmen sie willig beim Steigen in Kauf
das Brennen der Sonne im südlichen Blau
und der mächtigen Felsen düsteres Grau.
Und langsam nähern sich Turm und Zypressen.
Die Toten dort oben sind nicht vergessen.
Ein schwebender Dunst steigt vom Wasser herauf,
doch beim Blick auf den See löst er freundlich sich auf.

Manche vermissen im Mittagsgeläut'
eine sanfte, melodische Lieblichkeit.
Denn gewaltig erklingt, wie am Jüngsten Tag,
doch eintönig schwingend der eherne Schlag
zwölfmal über die hängenden Rosen,
als verharre die Zeit, anstatt zu verrinnen.
Da senken die Alten die Blicke nach innen,
und die Liebespaare vergessen das Kosen.
Nur die Kinder in ihrem stets fröhlichen Wesen
sind noch immer zum Lachen und Scherzen bereit.
Sie können die Tafel am Eingang des Friedhofs
nicht lesen:
„Dem Schmerz und der Liebe geweiht".

Kleines Gebet

Herr, zeige mir nicht nur
den reißenden Fluß,
sondern weise mir auch
den Weg zu den Brücken!

Auf der Brücke

Nichts ist so schön,
wie auf einer Brücke zu stehn,
auf den ständig sich wandelnden Fluß,
der dem Drängen und Treiben
des schäumenden Wassers gehorchen muß,
auf sein funkelndes Wellenspiel
zwischen schwingenden Bögen
und eisernen Seilen
träumend hinunterzusehn
und zu wissen:
Ich darf noch verweilen.

Gedanken über ein Mosaik

Verzeiht mir, ihr kunstvoll gefiederten Tauben
im fernen Ravenna,
die ihr vertrauensvoll pickt aus der Schale der Hoffnung
und wartet auf mich mit großer Geduld!
Glaubt mir, es war nicht die eigene Schuld,
die mich vergessen ließ meinen einstigen Schwur:
Wiederzukommen versprach ich beim Abschied.
Aber das Leben wird nicht nur von Träumen gelenkt.
Und mancher Plan findet schon bald seine Grenze.

Daß wir doch alle, die Sehnsuchtsvollen,
die einmal finden durften den Trost in den Künsten
und in der Schönheit wahrem Gefild',
zu dem Geschauten zurückkehren wollen!
Das ist ein Wunsch, der sich selten erfüllt.
Doch die Erinnerung taucht das Erlebte in Licht,
und frei bleibt das Herz von Enttäuschung,
kam nur das Schöne uns Glücklichen je zu Gesicht.

Vom Abschiednehmen

Unbestimmt und dennoch fest umrissen
ist aller Abschieds-Stunden ernste Zeit.
Wer's nie erfahren hat,
dem bleibt es aufgeschobnes Wissen –
und ins Geheimnis ist er
noch nicht eingeweiht.
Nur wer beizeiten sich
ins Lösenmüssen leise fügt,
so wie im Herbst das Laub von Ahornbäumen,
wird später nicht in einem
aussichtslosen Kampf besiegt,
wenn er erwacht aus seinen
fernen, ungelebten Träumen.

An der Schwelle

Auch wenn du hoffst, du könntest sie um Aufschub bitten,
des sicheren Abschieds unbestimmte Stunde –
sie ist bereits auf ihrem Weg zu dir.
Sie läßt aus deines Lebens Hintergrunde
viel schöne Bilder dich zum Trost erblicken:
Du darfst sie schaun und dich noch *ein*mal dran erquicken.

Dabei umarmt sie dich ganz sanft und mütterlich,
wenn sie dir zärtlich sagt: Erinnere dich
doch an die bunte Frühlingswiese
im hellen Licht und voller Auferstehungs-Glück,
an das Madonnen-Bild und seines Lächelns anmutsvolle Süße,
an Riemenschneiders Meisterstück,
an diesen kraftvoll schwingungsreichen Klang der Violine,
an jenen Neujahrs-Tag im Gipfelschnee,
auch an die herbstlich schöne Georgine
und an die Reise zum Luganer See,
an die Errettung einst aus großer Not,
an Liebe, Freundschaft, Wein und Brot!

Mehr gibt es nicht als Sinnerfüllung eines Lebens,
wenn du nur weißt: Kein Tag darin war je vergebens.
Den Sonnen-Untergang mit seinem
rötlich-goldnen Schimmer
bewundere niemals klagend!
Es gibt keinen Abschied für immer,
sagt er dir Abend für Abend.

Zum Tagesausklang

Und wenn die Sonne sinkt,
wirf dieses Abends ganze Habe
mit allem, was noch in dir klingt
und was noch haften blieb
an deinem Wanderstabe,
hinein in ihre letzte tiefe Glut,
damit das Unruhvolle endlich ruht,
daß nach vergangner und erfüllter Zeit
du wieder frei bist und empfangsbereit
für eines neuen Tages Morgengabe.

Gleichnis

Im blatt- und blütenreich geschmückten Kranz
gibt's nirgends Kanten oder Ecken.
Sie dürfen sich in schöner Harmonie
im Schutz des Ganzen gut verstecken.
Was mit im Spiel sein muß, ist Phantasie.
Es gibt kein unten und kein oben,
ein Anfang ist nicht auffindbar.
Das Ende ist zwar eingeschoben –
und dennoch ist's, als sei's nicht wahr.

Und einst und jetzt,
was sonst sich gern entgegensetzt,
und jung und alt
und Mann und Frau,
sogar die Erde mit dem Himmelsblau
und alles Feine mit dem Groben,
es ist im Kranz in eins verwoben.

So wie ein eben noch in vollem Schwunge
von einem Liebespaar im Kreis gedrehter Tanz,
der plötzlich angehalten wird
noch vor dem nächsten Sprunge,
so liegt er nun, der wohlgeflochtne Kranz,
in deiner Hand
und zeigt dir,
seiner ausgewognen Form ergeben,
was dir noch bleibt: Vollendung anzustreben.